Rodolfo o pensador

Neste livro há um principio de confronto entre dois personagens, pergunta e resposta, nada importuno e nem enfastioso. Tudo acontece por pura curiosidade, porém o assunto é alongado devido as comparações com o dia a dia e o livro sagrado.

Os personagens começam a pensar no dia a dia, os detalhes dos acontecimentos são discutidos. Esses detalhes levam a mais curiosidades, e aí há aprofundamento nas questões que a história nos conta de modo indiferente, há muitas interrogações, e esclarecimento daquilo que está por traz dos acontecimentos, "vida que não se vê".

O dialogo se arrasta longamente, o desejo de continuar ali era de ambos, porém tudo tem seu tempo, o Gustavo teve que partir.

Não é um livro histórico, mas traz a luz assuntos distante e compara com o presente, mostra o que de fato está acontecendo e o que vem por aí. Talvez possa dá um choque em pessoas alienadas, apesar de não ser este o objetivo,

Boa leitura.

Faz algum tempo que não compro jornais, temos tantas informações a disposição que resolvi abolir esses papéis, mas nunca esqueci daquele dono de banca de jornais, ele parece que conhece todos que adentram à sua banca. Quando alguém chega, simpaticamente dá um bom dia; e ainda, há alguns que quando perceber que certo jornal vai acabar e nota que cliente assíduo daquele jornal não chegou para buscar o seu, ele o guarda, e se o cliente não vier, ele sabe que algo não comum aconteceu com seu cliente, não se aborrece pelo encalho. Estou falando isto porque me veio à lembrança o senhor Alberto (nome fictício), ele era assim. Coisas deste modo nos dão saudade, acho que a modernidade tirou do homem esta atenção, a cordialidade passou ser artigo de luxo, mas não ando desanimado por isto, é só uma observação. Tal lembrança me veio porque estava em uma banca de jornal muito moderna, ambiente parecido com livraria, porém lembrava aquela de outrora que só vendia jornais e revistas aonde meu pai sempre ia pela manhã e às vezes eu o acompanhava, ali era diferente, tinha outras literaturas; uma banca moderna e de fácil acesso, inclusive para cadeirante, não havia essas coisas de "made-in-china" que leva muitas bancas parecerem com loja de 1,99, talvez por isto tenha gostado tanto, fiquei fã, a terceira vez que estava ali, já me chamaram pelo meu nome, "me senti de casa". Como estava dizendo, a banca era muito parecida com as de outrora apesar de sua modernidade, lá também ficou comprovado que o tempo não mudou quando se trata de gentileza. Para aquele senhor de nome Sebastião era normal a gentileza e o fino trato com aqueles que ali entravam, seus funcionários atuavam da mesma forma, tinha dois. Este senhor me fez ver que tem coisa que a modernidade não substitui, como amabilidade, delicadeza, respeito, em fim, o verdadeiro relacionamento que leva o outro a ver o mundo como deve ser. A história que vou contar não tem nada a ver com ele, mas foi em sua banca que encontrei e tive o primeiro contato pessoal com o seu amigo Rodolfo. Quando vi este seu amigo em conversa com ele, tinha certeza que o conhecia, conhecia não bem o apropriado a dizer, eu sabia quem era ele. Desse encontrou surgiu este livro.

— Gustavo, este aqui é o Rodolfo, meu amigo e cliente de longas datas.
— Oi senhor Sebastião tudo bem? Prazer, senhor Rodolfo.

Ele, o Rodolfo, muito simpático, me respondeu com sorriso, eu fiz o mesmo, e os deixei, não era correto eu ficar junto deles, quando cheguei o senhor Sebastião, como já disse, conversava com o senhor Rodolfo, minha educação dizia que era para me retirar. Estava ali para comprar algo, mas acabei comprando uma revista que propagava na capa uma reportagem que me chamou muito atenção, porém não tinha nada haver com o que procurava. O senhor Rodolfo me despertou a curiosidade, tinha vontade de conversar com ele. Ele ficara conhecido na rua como o Pensador, pois demostrava ter um conhecimento muito vasto, sempre era requisitado para palestras, não fazia muito tempo que fora entrevistado por um jornal de grande circulação da região, além do mais, ele sempre era chamado para compor banca de julgadores de festividade cultural nas cidades vizinhas. Da sua entrevista várias coisas me chamaram atenção, sendo que observei que evitava falar sobre o agora, falava do futuro, um futuro fora dos padrões que a humanidade discute normalmente, quando o repórter perguntou-lhe algo sobre religião, ele não disse que sim, não se mostrou muito claro, porém identifiquei algumas nuances que me levava a crer que ele pertencesse a alguma religião Cristã. – Sim, religião cristã, você sabia que existem várias? Temos como exemplos a religião Católica Romana, a Anglicana ou Episcopal e a Igreja Ortodoxa. Desta Igreja que saiu a igreja

Católica Romana, ela tem aproximadamente dois mil anos, contando-se a partir da Igreja Primitiva. Além destas, existem muitas outras, fora aquelas muitas que surgem por aí e não temos notícias, mas não é disso o nosso assunto.

Eu queria falar com aquele senhor de barba clara por fazer, dei tempo ao tempo, olhei outras coisas, esperei o momento certo, porém como demorava resolvi ir embora aguardaria outra oportunidade, saí para pagar o que comprei ao começar fazer o pagamento o Rodolfo talvez tenha aproveitado este momento e se despediu do amigo, ao mesmo tempo o Sebastião me dava o troco, acabei saindo junto com o Rodolfo, aconteceu o que eu queria, sem necessidade de artifícios, caminhávamos na mesma direção, aumentei meus passos para alinhar-me com ele; eu e ele só, era o que queria, lado a lado caminhamos.

— Senhor Rodolfo, posso lhe falar algo?

Antes mesmo de sua confirmação, fui falando.

— Vou lhe confessar uma coisa, eu fiquei enrolando naquela banca de jornal, buscava um meio de me aproximar do senhor, uma vez que eu queria mesmo era conversar com senhor. O pessoal lhe chama de pensador, nada mais justo de eu querer saber algo mais, e agora mais ainda, li sua entrevista no jornal virtual da cidade e a achei fascinante, além do mais, passo sempre em frente a sua casa e na maioria das vezes o vejo sentado naquela varanda com alguns livros e com uma caneca alta na mão, é natural a minha curiosidade, o senhor não acha?

Ele riu de mim, o sujeito é muito simpático mesmo, me convidou para ir até sua casa e experimentar o que ele toma sempre naquela caneca. O seu convite me pegou desprevenido, mas não podia recusar, pedi licença, liguei em casa, disse que ia demorar.

— Senhor Rodolfo, não vou te atrapalhar?
— Claro que não, podemos ir, gosto também de conversar.

Ele me mandou entrar, preferir ficar na varanda, onde ainda se encontrava alguns livros e jornais em uma mesa redonda de madeira tipo jacarandá, peça esta que não se faz nos dias de hoje, ao lado dela havia um móvel pequeno com rodinhas, nele estava um computador portátil e uma impressora. Estava ainda me ajeitando no único sofá que estava lá, era de um lugar, quando ele pediu

licença e adentrou a casa. Fiquei ali só, me senti
incomodado com a demora, enquanto pensava nisso
uma moça me trouxe uma pequena xícara
juntamente com um bule de porcelana com café e
uns biscoitos caseiro, informou-me que o doutor
já vinha. Notei que não era sua esposa, mas não fiz
indagação quem era. Peguei o jornal, olhava as
manchetes, pensei em esperar o homem para tomar
o café, mas não seguir este pensamento, estava
muito cheiroso e quente, parecia que tinha sido
feito naquele momento, do jeito que gosto, com
cheiro de fresco, já queria repeti quando o Rodolfo
chegou, trazia sua caneca costumeira a mão.

— Desculpa a demora, mas tive que dar um
telefonema, quando estava vindo tive que atender
outro, coisas do ofício. Está vendo por que uso esta
xícara, esta que continua na sua mão geralmente
precisa encher mais de uma vez, isto é quando a
coisa está boa, o café está bom? Se estiver, não faça
cerimônia; a minha eu já coloco uma quantidade
total que quero. Não pensa que sou guloso... Ok?

— Rimos juntos...
Depois desta introdução ele disse que esta
história de pensador foi coisa de um amigo,
cresceram juntos, mantinha amizade com o tal até

nos dia de hoje, pois morava ainda na mesma cidade. Este seu amigo espalhou isto, mas quem o chamou por este apelido pela primeira vez na frente de uma porção de gente foi o padre Danúbio na aula de catecismo, porém a história começou antes com seu tio. Segundo o que me dissera ainda tinha na lembrança quando ele e seu amigo estavam na aproximidade da igreja num certo dia de domingo, uma senhora se ajoelhou e começou subir a escada, ele já vira aquilo, mas aquela senhora já tinha muita idade para tal esforço, ficou na sua mente a seguinte indagação "por que Deus exigiria tal sacrifício daquela senhorinha?" Ele e seu amigo iam juntos a missa todo o domingo, era obrigação que os pais empunham, ele tinha 16 anos, seu amigo por aí também. Apesar da pouca idade mostrava-se querer saber das coisas, tinha curiosidade por tudo que estava em sua volta, fazia indagações às pessoas mais próximas. Tinha aprendido que deveria obedecer a certos dogmas religiosos, e obedecia, mas sempre viajava em pensamentos, sempre pensava em como deveria ser o cristianismo na época dos apostolo, se tinha mesmo tudo aquilo que sua religião mostrava, e quem seria os santos da época, a quem as pessoas recorriam para casar, se confessava os pecados aos apóstolos, como faziam promessas; ele e seu amigo discutiam sobre todas essas coisas e muitas outras. Ele sempre criava embaraço para alguns mais velhos, pois estes não conheciam nada disso e também não buscavam respostas, porém era da mesma religião. Certo dia quando ele e seu amigo voltavam de uma partida de futebol, viu um homem sem batina, mas de terno em uma praça gritando que todos estavam condenados por ouvir o homem errado, eles param, e debochadamente se perguntaram "quem é o homem certo?" Riram e continuaram a caminhada pra casa, mas antes de dar o quarto passo, o homem disse: Vocês conhecem o que Jesus falou? Este é quem vocês devem escutar. Ele nunca pensara nisso, aquela pergunta o fez se perguntar, mas como poderei ouvir Jesus? Sobre isto ele passou a pensar constantemente, mas vivia conforme os ensinamentos que recebia de sua igreja.

Até aqui eu estava muito confuso com a história que ele falava, mas não queria interromper, contudo a interrupção veio, o seu celular tocou, ele atendeu, tive tempo de avaliar o que falava e de pedir lhe que esclarecesse melhor.

— De qual religião o senhor fala?
— No momento não falo sobre nenhuma, costumam dizer que não se deve discutir sobre

religião, eu acho que não devemos mesmo, mas digo sempre: aprenda o que Jesus ensinou e não precisará de religião, e nem tão pouco dos representantes delas, pois muitos usam as palavras que Jesus ensinou conforme o seu querer, a adapta para deixa-la conforme o seu desejar. Ultimamente tenho pensado mais ainda, tenho pensado em como seria bom viver em um mundo onde todos vivessem sob a batuta de Cristo, neste caso, o amor perdurava, as famílias eram células, apenas células, o amor era a integração entre elas, sem divisão de classe e sem cor, cor é coisa de planta, flores e obra de artista, gente é apenas gente, e as crianças!? Que formidável, correndo pelas ruas, apenas se divertindo sem seus pais se preocuparem. Há, sei que isto é um sonho, mas "viajo" quando penso nisso...

Infelizmente vejo outra realidade, e alerto aqueles que estão ao meu redor quando tenho oportunidade. Quem espera um mundo melhor está enganado, e se tem esperança com os avanços do homem se decepcionará, poderá ter um pouco de alegria sim, mas isto será apenas intervalo das desilusões, a alegria não dura o tempo necessário para se enxergar felicidade, ela também se vai, pois nenhuma alegria dura para sempre, e atualmente as coisas parecem que passam mais rápido, e mais, quem mantém esperança por pertencer a alguma religião viverá sempre na perspectiva de um dia melhor, mas não encontrará.

– Meu amigo, senhor Rodolfo, isto é um banho de pessimismo, o senhor não consegue ver um futuro melhor para a humanidade, mesmo com todo progresso; a saúde teve um avanço enorme, o mundo tecnológico colocou a disposição opções nunca imaginado, mesmo com tudo isso o senhor não vê algo trazendo nova esperança?

– Meu caro quem tem um pouquinho de conhecimento sabia que a ciência ia se multiplicar, e isto tem acontecido numa rapidez como nunca se viu; tal acontecimento passa uma ilusão que a vida de todos está resolvida, mas os homens vivem correndo, nunca a população viveu tão estressada, não é o que está acontecendo?

Os dirigentes de diversos órgãos vivem em discussão constante sobre este tema e outros neste sentido, inclusive apresentam projetam para melhoria do dia a dia em diversas áreas, mas são ineficazes, não duram, os líderes mundiais arquitetam planos, parecem lindos e maravilhosos, mas nenhum se concretiza dentro da aspiração da humanidade, tudo é um paliativo.

Parece que sou um pessimista mesmo, não

é? Mas não sou, é que tenho prestado atenção em detalhes, vou tentar explicar:

Acredito que você já ouviu em falar do final do mundo, aliás, nunca se falou tanto, até previsões com data aproximada fazem, e o termo apocalíptico tem se usado comumente, não sei se é desprezo pelo que já foi escrito ou sem querer esses caras estão chamando atenção para o que está por vir, apesar de mostrarem algo fora realidade, pois tudo que apareceu a este respeito até agora é só fantasia, entretanto muita gente tem ganhado muito dinheiro com filmes e histórias em diversas publicações a este respeito. Todas essas coisas e outras mais que vem acontecendo na natureza tem me levado a pensar no que está escrito no livro de Mateus no capítulo vinte quatro, pego de lá parte do parágrafo três até o quatorze que diz: ... *E que sinal haverá da tua vinda e da consumação do século. E ele lhes respondeu: Vede que ninguém vos engane.*

Porque virão muitos em meu nome, dizendo: Eu sou o Cristo, e enganarão a muitos.

E, certamente, ouvireis falar de guerras e rumores de guerras; vede, não vos assusteis, porque é necessário assim acontecer, mas ainda não é o fim. Porquanto se levantará nação contra nação, reino contra reino, e haverá fomes e terremotos em vários lugares; porém tudo isto é o princípio das *dores. Então, **sereis atribulados, e vos matarão**. Sereis odiados de todas as nações, por causa do meu nome. Nesse tempo, muitos hão de se escandalizar, trair e odiar uns aos outros; levantar-se-ão muitos falsos profetas e enganarão a muitos. E, por se multiplicar a iniquidade, o amor se esfriará de quase todos. Aquele, porém, que perseverar até o fim, esse será salvo.*

E será pregado este evangelho do reino por todo o mundo, para testemunho a todas as nações. Então, virá o fim.

Enquanto o pensador falava eu ficava calado, e tentava enxergar seu argumento dentro da conjuntura atual, não estava ali com propósito de entrevista-lo, queria fazer amizade, saber do seu conhecimento, mas via nele algo a mais, sua preocupação me instigava, mas fiquei incomodado quando ele falou citando a Bíblia, pois essas pessoas geralmente são meio fanáticas, há muitas exceções sim, nem sei se estou certo em falar assim, me desculpa aqueles que não são. É atraente conversar com alguém que conhece desses lances. O mundo anda estranho mesmo, fiquei na dúvida em perguntar mais alguma coisa, aliás, em contestar, uma vez que ele tinha dito que não fazia parte de nenhuma religião, agora estava ele demonstrando

ao contrário, se eu não fizesse assim ia ficar muito mal comigo, não tinha por que me intimidar, ele parecia ser gente boa e compreenderia minha inquisição, assim pensei e fui em frente.

— Mas então o senhor tem uma religião?

— Porque lhe disse algo escrito na Bíblia achas que tenho religião? Não, não tenho, mesmo porque tem muitas religiões baseada na Bíblia, mas não segue dentro do preceito dela, e tem outras que até a menciona, tipo espiritismo, religião esta que cita apenas aquilo que lhe convém e dentro de uma interpretação esquisita, fatos distante da verdade Bíblica. Em tudo que já li, ouvi e assisti só neste livro se encontra explicação para o desassossego da humanidade, claro que não se pode ler como se ler um livro qualquer, além do mais, são vários livros juntos, eles não têm a mesma sequência de um livro comum, é preceito sobre preceito, preceito e mais preceito; um pouco aqui, um pouco ali, não é uma história sequencial, e mais, devemos também estar espiritualmente dentro do contexto do autor da vida.

—Então o senhor não faz parte de religião, porém está me dizendo que na Bíblia se encontra a resposta para a vida.

— Sim, porém tem que ler sem conceito pré-estabelecido, desarmado mesmo, não podemos colocar resposta pré-concebida. Se você olhar o que narrei atrás verá como as coisas estão acontecendo, tudo indica que muito da situação atual é apenas cumprimento daquilo que se lê na Bíblia, as pessoas estão perdidas e não sabem. Vou tentar demonstrar algumas dessas coisas, mas não é um estudo aprofundado, é apenas o que vejo, pensado e avaliado: Temos visto espantosamente o crescimento do suicídio, sinal que a coisa não está normal, por que isto? A vida hoje é menos difícil, a tecnologia, os meios de transporte facilitaram muito o dia a dia do ser humano; hoje se tem muito mais de que desejava anos atrás, e por que o homem vive neste desassossego? Tive acesso a uns dados sobre suicídio de 2006, algo alarmante, neste ano no Brasil aconteceu mais de 8600 suicídios, as tentativas de suicídios não são contadas nestas estatísticas, calcula-se que essas tentativas são superiores aos acontecimentos derradeiros. Segundo a Organização Mundial da Saúde nos últimos 45 anos a mortalidade por suicídio aumentou 60%. Esta amostra é de 2006, no entanto podemos ver que a coisa não melhorou. Li uma matéria recente, que demostra o que falo, segundo este registro um milhão de pessoas morrem por suicídio no mundo ao ano, o Relatório da OMS diz que uma pessoa se suicida a cada 40 segundos. A Organização Mundial de Saúde afirma que problema é grave. Um milhão de pessoas por ano se suicidam, uma quantidade maior que o total de vítimas de guerras e homicídios, um problema que se agrava, segundo o relatório da Organização Mundial de Saúde (OMS) publicado em Genebra. O número de tentativas de suicídio ainda é muito grande, com 20 milhões de tentativas por ano. Segundo a OMS, 5% das pessoas no mundo fazem uma tentativa de suicídio pelo menos uma vez em sua vida. O problema está se agravando e o suicídio "se transformou em um problema de saúde muito importante" para a OMS, informou nesta sexta-feira o doutor Shekhar Saxena, ao apresentar esse relatório à imprensa em Genebra. "O suicídio é uma das grandes causas de morte no mundo e durante os últimos anos, sua taxa aumentou em 60% em alguns países", acrescentou. O suicídio é a segunda causa de morte no mundo entre os adolescentes de 15 a 19 anos, mas também alcança taxas elevadas entre pessoas mais velhas. A OMS destaca que há três vezes mais suicídios entre homens do que entre mulheres, independente das faixas de idade e os países considerados. Por outro lado, há três vezes mais tentativas de suicídio entre as mulheres que entre os homens. A disparidade entre as estatísticas é explicada pelo fato que os homens empregam métodos mais radicais que as mulheres para morrer. *http://g1.globo.com/ciencia-e-saude/noticia/2012/09/ um-milhao-de-pessoas-morrem-por-suicidio-no- mundo-ao-ano-diz-oms.html*

É claro que quem faz estes levantamentos não vê os fatos como vemos, dentro de uma premissa Bíblica, diante da obrigação de dar explicação para esses fenômenos dizem que essas coisas estão acontecendo por isto e por aquilo, como o emocional, e até por causa da vida econômica, mas quantos ricos se suicidam, e quantos por coisas banais buscam a morte? Diante disso essas explicações não traz a tona à realidade, realidade que pra mim anuncia o vazio do ser humano ainda que ele tenha tudo que os olhos desejam.

Quando vejo a banalidade em que o ser humano tem tratado o sentimento amor. Entendo realmente que ele não existe mais com a mesma aspiração de outrora, é apenas consideração ou desejo, e assim o amor vai se esfriando em todas as esferas. Prova disso vemos os jornais divulgarem dias após dias notícias que nos surpreende fortemente como foi divulgado no dia 21 de maio de 2011, "mãe tenta matar filho de quatro meses nos Estados Unidos. Os médicos suspeitaram da mãe após o bebê voltar de uma operação e instalaram uma câmera no quarto. As imagens mostram a mulher tentando sufocar o bebê com um cobertor. A mãe pode ser condenada a 25 anos de prisão. Por Luciana Liviero, correspondente da Rede Record em Nova York". Mas isto não é só lá, está aqui, ali e acolá, vejo notícia por aqui deste tipo também, mãe ainda no hospital dispensando seus filhos, deixando na lata de lixo, jogando em algum lago ou deixando em outro lugar qualquer. Diante de tal fato observo que até este amor que se pensava ser infinito dá o seu sinal de desmoronamento.

Quando vejo pai abusando sexualmente de filhas como a impressa já noticiou mais de uma vez, um mundo estranho é notado, até um pouco de revolta é registrado em muitos seguimentos, mas nada que faça esta roda parar, pois o tempo também mostra um mundo de pedófilos, coisa inexplicável, um desejo devassador que marca a vida de inocentes. Tudo isto me leva a pensar, até onde vamos? Na segunda carta a Timóteo nos conta o seguinte: "... *Que nos últimos dias sobrevirão tempos penosos; pois os homens serão amantes de si mesmos, gananciosos, presunçosos, soberbos, blasfemos, desobedientes aos seus pais, ingratos, ímpios, sem afeição natural, implacáveis, caluniadores, incontinentes, cruéis, inimigos do bem, traidores, atrevidos, orgulhosos, mais amigos dos deleites do que amigos de Deus, tendo aparência de piedade, mas negando-lhe o poder. Afasta- te também desses. Mas os homens maus e impostores irão de mal a pior, enganando e sendo enganados"* (3:1-5/ 13).

O argumento do Pensador parecia revolucionário, mas o que me encabulava era ele dizer que não tinha religião, entretanto estava sempre citando a Bíblia, diante disso bolei uma pergunta, pois achava que descobriria qual era a sua em termos religiosos.

— Novamente o senhor declara outra passagem Bíblica, vejo que a ler bastante, o senhor ler por dever religioso ou só por gostar de leitura?

— Meu caro, como já lhe disse, quem compreende o que está nestes livros descobre a vida, porém todos são chamados para a compreensão, no entanto as pessoas hoje são tão envolvidas com as distrações que as mídias oferecem que acabam não descobrindo o melhor da vida, mas leio muita coisa, como vê, tenho livros diversos, até muitos que desprezo eu tenho, talvez seja por isto que sei de muita coisa, mas não sei de todas, também não sou como aqueles que adotaram a frase atribuída a Sócrates por seu discípulo Platão "... Só sei que nada sei", tem gente que gosta de citar esta frase como exemplar para justificar o seu saber, acho uma bobagem, todos sabem alguma coisa. Quando digo que a vida neste planeta está estranha, é porque tenho visto anormalidade arrepiante, pois veja: saiu a algum tempo na impressa um tal kit de combate a homofobia que seria distribuído para as escolas, já é estranho o próprio nome, poucos sabem o que significa a palavra homofobia, vale a pena esclarecer, pois é uma expressão nova no cotidiano, foi criada pelo psicólogo George Weinberg em 1971, portanto expressão estranha para o povo em geral, mas isto ainda é pouco, o esquisito mesmo é: sabe quem elaborou esses kits? O kit de combate à homofobia foi elaborado por entidades de defesa dos direitos humanos e da população LGBT (lésbicas, gays, bissexuais e travestis). O ser humano tem que ser respeitado na sua essência como gente, vivendo ele como quiser, mas eu não posso crer que um ministério de educação contrate uma entidade para elaborar tal coisa, entidade esta comprometida com seus desejos, geralmente não se importando com os outros; já observei algum tempo que uma entidade defende aquilo que lhe interessa, assim sendo, apreendo que isto não é educação, mas sim informação com propaganda daquilo que se defende, compreendo que uma entidade desta elabora algo dentro de sua maneira de querer, que introduz ao mesmo tempo uma tentativa de me convencer a ser, mas o ministro da educação na época simplesmente disse: "O material encomendado pelo MEC visa a combater a violência contra homossexuais nas escolas públicas do país. A violência contra esse público é muito grande e a educação é um direito de todos os brasileiros, independentemente de cor, crença religiosa ou orientação sexual. Os estabelecimentos públicos têm que estar preparados para receber essas pessoas e apoiá-las no seu desenvolvimento", defendeu o ministro da educação Fernando Haddad à época. Ele acabou se elegendo prefeito em São Paulo com 3.387.720, numa disputa com José Serra, homem este que tinha uma rejeição muito grande, porém cabe dizer que ele teve menos votos que o último prefeito, ou seja, o antes dele teve 3.790.558 votos. A educação de uma sociedade não pode estar baseada em movimento pessoal desde ou daquela entidade. E pior, este movimento não constitui naturalmente família que é a base de uma sociedade conforme a natureza recomenda, e a natureza tem que ser defendida, é princípio de quem dela depende, e a constituição brasileira diz Art. 226. A família, base da sociedade, tem especial proteção do Estado. 3º - Para efeito da proteção do Estado, é reconhecida a união estável entre o homem e a mulher como entidade familiar, devendo a lei facilitar sua conversão em casamento. Diante disso não consigo ver isto como educação correta? Você vê? Mas, ainda que a constituição não dissesse tal coisa, a continuação da raça humana da forma natural só se dá entre um homem e uma mulher, digo da forma natural, porque as clínicas de fertilização, ou seja, em Reprodução Humana estão com estoque de óvulos e espermas, essas clinicas já têm "muitas vidas congeladas", usando tal método dispensam a vida natural na perspectiva do encontro homem mulher. Deste modo dar-se a possibilidade de criar um outro tipo de família, ou seja, através de vida congelada pela ciência, mas nascendo essas crianças dentro desde conceito elas crescerão numa mentira, pois seu pai não é seu pai e sua mãe não é sua mãe naturalmente, essas crianças nunca saberão quem são verdadeiramente seus pais, a história pais e filhos se destoará daquilo que a natureza proporciona, antes que me pergunte é bem diferente de alguém adotar uma criança em um orfanato e dar a ela uma família conforme seus antepassados.

Essas coisas me levam a pensar, e a me perguntar: estará o mundo de cabeça para baixo? Não, logo caio na realidade que conheço. Observando o movimento a nível mundial, parece que ouve um pacto entre todas as sociedades governantes, pois as atitudes são muito parecidas, mas não ouve tal pacto, e por que em tantos lugares se busca este novo modo de viver ao mesmo tempo? Sei que é difícil alguém responder. Tenho compreendido a história com olhar espiritual também, vou enumerar alguns pontos, faça sua avaliação, não precise aceitar conforme te falo, mas pense, não deixe de pensar e acompanhe comigo: "Os cristãos sofreram uma perseguição sem igual, mas aguentaram firme e a mensagem de Cristo veio avante. Os comunistas tentaram apagar o nome de Deus na face da terra, pois quem falava o nome de Deus corria sério risco, divulgavam mensagem que tudo estava muito bem naquele modo de vida, de repente tudo veio abaixo", mas a palavra de Deus permaneceu viva. Essas tentativas de anular Deus não deram certo, e nenhuma outra dará. No entanto aquele que está oculto que conduz projetos de perdição do ser humano não desistiu e não desistirá. Diante de tantas derrotas ele levantou neste tempo vários instrumentos para atingir a família. Você sabe que a base de uma sociedade é a família, não é? Se eu destruo este projeto natural logo estou destruindo o melhor desta terra em termo de unidade, pois um homem mais uma mulher dá um casal, ou seja,

uma unidade forte que tem condições de levar a
criação adiante e reger dentro de princípios naturais
seus filhos. Esta unidade é o pilar da vida terrena,
quando este pilar é atingido a vida fica sem
princípios lógicos, fica fraca, perde a segurança. Às
invenções, isto mesmo invensões de valores abre a
porta para ocupar lugar que nunca teve diante de
famílias, a verdade passou ser apenas escolha diante
de opções criadas, ou seja, verdade sem pilar.
Quero dizer com isto que toda união precisa de um
macho e uma fêmea para ter o pilar, a parti daí
depende das escolhas, porém fora desta união a
sociedade desaba. O que eu compreendo com tudo
isto é que a perseguição começa a montar seus
instrumentos sobre aqueles que querem defender
seus filhos de um mundo torto, torto sim, apesar
de não ter nada contra o ser humano que prática
isto, não é natural homem com homem e mulher
com mulher. Quando vejo homem querendo virar
mulher e ainda casamento de homem com homem
e mulher com mulher, vejo uma aberração, e, além
disso, são chamados por muitos de casal, fico ainda
mais pensativo, até quando as leis da natureza
suportarão? O corpo para a vida foi feito de um
jeito, não há opção, o desejo pode até chegar à
mente, mas no corpo natural não tem amparo para
sexo diferente, pois cada parte do nosso corpo

naturalmente se define diante do seu par, compreendo que quando este desejo fora da normalidade quer desfazer este sistema natural do corpo humano está lhe trazendo agressão. Fico às vezes pensando nestas coisas e me pergunto: o que posso fazer para ajudar essas pessoas? A coisa é tão esquisita que até os Psicólogos são proibidos ajudar quem deseja sair deste modo de vida, pois o Conselho Federal de Psicologia os pune, assim foi feito à carioca Rosângela Alves Justino, psicóloga que oferecia terapia a aqueles que a procurava. "O mundo está esquisito".

— O senhor continua afirmando que não tem nada com religião, porém é Cristão, confia naquilo que Cristo deixou para a humanidade, e estuda a Bíblia. Mas o senhor respeita os gays?

— Sim, é isto mesmo, devemos respeitar quem quer que seja, a escolha pertence a cada um, o ser humano é muito frágil. A Bíblia nos ensina que o amor ao próximo tem que estar acima daquilo que o outro pensa, mas para isto não precisa compactuar com atos que no entender fere princípios naturais da vida.

— Como o senhor citou mais de uma vez a Bíblia, acho que devo lhe perguntar se a Bíblia discorda desde modo de vida.

— Eu não preciso ir à Bíblia para lhe dizer isto, olha a sua natureza, há alguma evidência que lhe permita ser outra coisa? A Bíblia como lhe disse é magnífica, lá se tem resposta para tudo na vida, só quem quer enxergá-la tortamente é que encontra argumento positivo para este modo de vida, pelo contrário, ela condena.

— Mas então me explique esta notícia "RIO - O reverendo Colin Coward, que era responsável pela paróquia da igreja de St". John, em Devizes (Inglaterra), revelou que planeja se casar com o namorado dele, Bobby Ikekhuame Egbele. O religioso anglicano tem 65 anos e o parceiro nigeriano, que é modelo e estilista, tem 40 anos a menos, segundo reportagem publicada na sexta-feira pelo "Daily Mail". Coward disse que pretende trocar alianças em cerimônia na igreja nas próximas semanas. O casal se conheceu em um encontro religioso três anos atrás. Egbele é dono de uma loja de roupas online e está no Reino Unido com um visto de turista. Após o casamento, o nigeriano poderá se tornar cidadão britânico. "Estou animado com o casamento e com o fato de as pessoas estarem interessadas nele", disse o modelo. "Queremos tornar isso público para inspirar outras pessoas", acrescentou. Coward não está locado em nenhuma paróquia, mas ainda tem permissão de comandar cerimônias religiosas."

(Publicada em 21/08/2010 oglobo.globo.com).

— O que posso lhe dizer é que a Bíblia também diz: *"nem todos que me diz senhor entrará no reino do céu, mas aqueles que fazem a vontade de Deus"* À recomendação Bíblica é: ... Deixa o homem pai e mãe e se une à sua mulher, tornando-se os dois uma só carne, e no livro de Levítico 18: 22 e 20: 13 respeclivamente diz assim: *Com homem não te deitarás, como se fosse mulher; é abominação. Se também um homem se deitar com outro homem, como se fosse mulher, ambos praticaram coisa abominável;...*

Um casal, só se forma entre um homem e uma mulher, fora disso não há verdade. Quando vejo essas coisas imagino as pessoas que estiveram sentadas no banco da igreja que este senhor dirigia, que caminho elas seguirão? Mas isto não me espanta, no Brasil Já existem igrejas direcionadas a gays fundada por pessoas dizendo ser pastor gay e afirmando "que os cultos das igrejas são ministrados como em qualquer igreja evangélica, com oração, pregação e louvor. A Bíblia usada também é a mesma. Estamos levando a palavra de Deus para aquelas pessoas que desejam fazer parte de uma congregação, mas não são aceitas devido a sua orientação sexual" (Publicado no Jornal O Tempo/ 10/03/2010).

Tenho pensado seriamente meu caro: a fé verdadeira está sendo desviada, isto está acontecendo nas igrejas e sorrateiramente, é algo vindo de mansinho com intenção de levar todos para uma igreja apóstata.

— Até agora o senhor me deu uma aula, mas não disse de qual religião é por quê?

—Também não lhe falei sobre alguma. Quem conhece a mensagem de Cristo não segue religião, Ele não trouxe religião a terra, mas a libertação ao ser humano que quer, compreenda isto e viverá o caminho da vida.

— Por que o senhor fala "vindo de mansinho para levar todos para uma igreja apóstata", o que é isto?

— Meu caro, isto é algo a caminho e tem me feito refletir muito: o significado de apostasia é o "ato de desviar, ou melhor, é o mudar a posição de", trazendo esta expressão para a contextualização da igreja é como lhe dizer: abandono dos moldes constituído por Cristo que os apóstolos deram seguimento. O que tenho observado é que tem nascido muitos caminhos para estabelecer na terra a igreja apostata, uma igreja apostata é também um cristianismo adulterado. Tem muita gente que ainda não compreendeu que apostasia só pode acontecer com os cristãos, pois quem não é cristão já se perdeu, não tem como haver apostasia para quem está de fora, diante disso podemos dizer que a apostasia nasce dentro da igreja. A igreja verdadeira do contexto Bíblico não aceita princípios de uma sociedade moderna, mesmo assim existem muitos cristãos querendo um cristianismo diferente, mais moderno, mais atualizado com as necessidades da sociedade. Este grupo tende a crescer mais; por outro lado podemos também dizer que muitas igrejas caminham mais dentro da sabedoria humana, deixando a sabedoria de Deus, a sabedoria de Deus é aquela que procede da palavra deixada por Cristo na terra, esta palavra não pode ser intelectualizada, nem atualizada, pois ela se revela a aqueles que com coração aberto tem interesse em buscar a presença de Deus para a vida. As pessoas foram levadas a crer muito em teólogos, estes, acredito que cheios de boas intenções davam muito explicações, fazia uma igreja consciente, mas com pouca vida espiritual, o que faz uma igreja firme é a vida espiritual. Vida espiritual não cria crentes domingueiros e nem religiosos, mas cria pessoas com interesse de ficar com Deus, inclusive de as vezes ficar a sós com Deus mirando a Sua palavra e buscando Sua presença. Isto não quer dizer que esta pessoa não será passiva de erro,

ninguém é perfeito, mas não fica prostrado no erro
se errar, já que não tem prazer nele, diante disso,
logo se levanta, toma novamente a posição em
Cristo. A igreja apostata pode ser uma igreja de
muita alegria, mais voltada para a música, artes e
de grandes eventos, no conjunto ela se confunde
com espirituosa.

— Pelo o que o senhor está falando é difícil
ver uma igreja não apostata.

— Desculpa se me expressei mal, mas igreja
são pessoas, pois bem, toda igreja nos dias de hoje
acredito que tem pessoas que fazem parte da igreja
dentro dos moldes apostata, é o que sinto. Veja o
que eu vi há pouco tempo: Uma senhora de uns 45
anos saia da igreja em direção ao estacionamento,
eu estava no estacionamento, ela xingava sua mãe e
mais duas menina, ambas já na adolescência,
pareciam filhas dela, com palavras pesadas ela
xingava e repetia xingamentos, além disso, ela dizia
que aquelas pessoas tinham atrapalhado a conseguir
a benção que fora buscar na igreja. Era domingo, o
dia estava lindo, ela com suas filhas e sua mãe saindo
de uma igreja, imagino que participara do culto,
imagino que era motivo de sobra para se alegrar, mas
o que eu vi foi uma revolta, pois acho que ela não se
alegrou naquele culto, não via nem a benção que é

ter filhos compactuando da mesma fé e na igreja "melhor lugar não há pra se criar os filhos" o que ela queria além daqueles tesouros? Mas vou além, e me pergunto: dá pra sair de um culto triste? Também tenho a resposta: Dá, olho pra Cristo e vejo que ele também se entristeceu com homens presunçosos, mas não era este o caso, o caso daquela senhora não estava neste contexto, ela simplesmente mostrava que tinha ido ali buscar algo, parecia que não fazia parte da igreja verdadeira. A igreja verdadeira são pessoas que procuram viver dentro do preceito de Cristo. O pior é que esta igreja apostata se levantará contra a aqueles que vivem a fé verdadeira, aqueles que buscam ter a cada dia o coração correto, muitos líderes também viverão assim, pessoas estas com aparência de autoridade espiritual, onde a satisfação estará em seus tesouros particulares, semelhante ao rei Sau. O rei Saul tinha autoridade, mas já não tinha a mesma autoridade, por isto perseguia Davi que não era rei dentro do conceito humano, mas era rei e suas atitudes diante de Deus confirmava isto, suas decisões eram admiradas por quem o acompanhava, sua autoridade tinha valor. Assim como Saul, a igreja apostata perseguirá a igreja verdadeira na própria igreja, pois ela se prepara inconscientemente para receber o cristo falso.

Era tanta informação que minha cabeça

"fervia", para meu descanso a aquela senhora que nos trouxe o café veio o chamar, era telefone, sua esposa estava viajando, e naquele momento o chamava ao telefone. Foi o tempo que tive de elaborar mais perguntas e tentar compreender tudo aquilo que ele falava, não conseguia compreender como duas igrejas podem ocupar o mesmo espaço físico. Esta foi a pergunta que fiz logo que ele voltou.

— Senhor Rodolfo, fiquei aqui pensando, como pode duas igrejas, ou melhor, dois tipos de pensamentos espirituais ocuparem o mesmo espaço físico.

— Antes de tentar te responder, desejo me retratar, não quero que fique aqui acusação sobre aquela senhora que falamos lá atrás, acredito que talvez ela esteja precisando conhecer mais o evangelho, não posso dizer que ela faça parte de uma igreja falsa, o que posso dizer é que ela está no caminho do erro, porém quem marcha por este caminho tem virtude da igreja falsa, da apostata.

Quanto a sua pergunta: Abra este livro que está a sua direita, é uma Bíblia, sim, você já leu uma? Vá ao novo testamento e ache Mateus no capítulo treze, a partir do verso 25, lei em voz *alta "Certa noite, quando todos estavam dormindo, veio um inimigo, semeou no meio do trigo uma erva ruim, chamada joio, e depois foi embora. Quando as plantas cresceram, e se formaram as espigas, o joio apareceu. Aí os empregados do dono das terras chegaram e disseram: Patrão, o senhor semeou sementes boas nas suas terras. De onde será que veio este joio? – Foi algum inimigo que fez isso, respondeu ele. – E eles perguntaram: O senhor quer que a gente arranque o joio? – "Não", respondeu ele, porque, quando vocês forem tirar o joio, poderão arrancar também o trigo. Deixem o trigo e o joio crescerem juntos até o tempo da colheita. Então eu direi aos trabalhadores que vão fazer a colheita: 'Arranquem primeiro o joio e amarrem em feixes para ser queimado. Depois colham o trigo e ponham no meu depósito".*

Viu como uma falsa e uma verdadeira podem crescer juntas, o que não pode é haver compartilhamento da vida fora da verdade. Pessoas que vivem como o joio geralmente não adapta-se a cem por cento com aquilo que Cristo ensinou, cria suas regras de vida parecidas ou aceitam ensinamentos de pessoas que se mostram sábias, outros absorvem uma vida só de religião e assim vivem intensamente uma religião cristã que não tem haver com a real.

— É verdade, que coisa interessante, então o senhor está me dizendo que eu não posso acreditar em pessoas que dizem ser crente, ou cristão, é isto mesmo?

— Cuidado, é pelas obras que se conhece, mas cuidado redobrado, porque a modernidade também aprimorou muitas obras, tem coisa que parece demais, o ser humano anda acreditando demais no que ouve, ouvir sim, mas acreditar só depois que conferir nas escrituras, lá é a fonte da verdade.

— Já que o senhor falou novamente em modernidade, o que é um cristianismo mais moderno?

— É um cristianismo que se adapta de acordo com a onda, que há cumplicidade com o moderno. Já faz algum tempo que soube de um caso, ele não é novidade pra muita gente, aconteceu na Rússia, vou lhe dizer para ilustrar: Lá há algum tempo atrás era proibido falar de Deus, indicar o caminho que é Jesus, era alto risco. "Os cristãos se reuniam escondido, porém certo dia, numa desta reunião, um grupo de soldados chegou, e chegou arrebentando tudo que atrapalhava o acesso naquele local". Se apresentaram com toda brutalidade e todos eles estavam muito bem armado, quando adentraram ao recinto disseram que todos estavam presos. Quem era preso lá perdia a esperança de sair um dia, não havia direito constituído a favor deles, porém aqueles soldados deram uma oportunidade, quem negasse sua fé, ou seja, desistisse de continuar acreditando e testemunhasse naquele momento que não queria saber mais de viver crendo em Deus, estava liberado, muitos nem pensaram, aceitaram a proposta, deste modo logo foram liberados. Mas teve aqueles que não quiseram aceitar isto, mesmo sobre ameaça de morte ficaram firmes, logo após a verificação que não havia mais ninguém querendo desistir, os soldados sorriram, e falaram "agora sim podemos adorar, os falsos foram embora". Lembrei-me deste fato, mas uma igreja moderna é bem mais que isto, lá havia perseguição, não tem nada haver com a atualidade, mas se estes fatos acontecessem hoje quantos ficariam firme? Cristianismo moderno vai ao movimento, no interesse de uma multidão, não distingue o propósito de Cristo, mas sabe quem é Ele, deste modo abraça coisas do seu próprio interesse, deixando distante a vida com Deus, mas querendo as coisas que Deus tem, o prazer está na onda ou naquilo que os olhos veem.

Resumidamente, uma igreja moderna é quando as coisas giram no intuito de agradar ao homem, e para isto busca-se meio para que a Bíblia se amolde as aspirações do ser humano, isto é uma igreja apostata.

— Mas por que estamos falando tanto em apostasia? Eu não compreendo nada disto.

— Mas precisa. Logo no início de nossa conversa falávamos: Nos últimos dias haverá tempos mais difíceis ainda meu caro. "... *Que nos últimos dias sobrevirão tempos penosos; pois os homens serão amantes de si mesmos"*. Isto foi o que falei para você, e aí nos aprofundamos neste assunto, aliás, ainda estamos nele. Preciso te dizer que duas coisas virão antes do fim. Apesar de eu falar que o fim está chegando, às vezes até repito um dito popular que diz "pra morrer, basta está vivo", assim sendo, morreu tudo acabou, por isto também digo: cuide-se agora porque depois não tem mais jeito, abrace a salvação imediatamente, você é responsável por você.

— Que duas coisas você diz que haverá antes do fim?

— Exatamente o que acabamos de falar a apostasia e o filho da perdição, *"Ninguém, de nenhum modo, vos engane, porque isto não acontecerá sem que primeiro venha a apostasia e seja revelado o homem da iniquidade, o filho da perdição, o qual se opõe e se levanta contra tudo que se chama Deus ou é objeto de culto, a ponto de assentar-se no santuário de Deus, ostentando-se como se fosse o próprio Deus"*(Tess 2: 3-4) . Tenho notado claramente que há uma confusão enorme no meio evangélico, igrejas de todos os tipos têm surgido, até coisa bizarra tenho visto, alguns pessoas devem imaginar que é coisa da modernidade, talvez seja imaginação minha, mas o que vejo me leva a crer que os artifícios desta apostasia já estão se desenvolvendo neste mundo como nunca, e vou lhe dizer o porquê enxergo isto. Como já disse, não há apostasia fora da igreja, quem está fora, já tá fora, igreja aqui constituída legalmente perante os homens, dentro de leis vigentes do país. Acho que muitos estão adentrando neste caminho sem perceber, e há sinceridade, mas estão se afundando, a porta do caminho destoa da Bíblia. Eu não tenho direito de julgar alguém, e falo isto com temor, mas não posso compactuar. Observe o que vou falar a seguir: Há pouco tempo eu soube que existe no Rio de Janeiro igreja que não batiza mais, desprezam a ceia, agora voltou a servi a ceia. A posição desta igreja é muito esquisita diante de alguns temas. Veja mais, estava em São José do Rio Preto - SP, da rodovia eu vi um grande outdoor, uma placa enorme com a programação de uma grande festa de rodeio, estava lá os nomes de diversos cantores sertanejos para shows em vários dias consecutivos, mas também se destacava o nome de uma cantora famosa da música evangélica, os ingressos podiam ser comprados antecipadamente nos locais lá registrados. Eu estava passando por cidade do estado de Goiás, uma radio anunciava o dia e hora para ir louvar a Deus no estádio X, estariam lá uns cantores e o pregador fulano de tal, os ingressos custariam... E poderia ser adquirido antecipadamente... Recentemente passava pela rodovia Anhanguera próximo a cidade de Araras, uma rádio anunciava a apresentação de dois cantores evangélicos e um pregador para o dia tal, os ingressos também poderiam ser adquiridos com antecipação. Essas coisas são para agradar a Deus ou ao homem? Isto tem me levado a pensar nesses temas com temor. Quando lhe disse que quem descobre o conteúdo da Bíblia descobre a vida, é verdade, lá há refugio, há a força para vencer, socorro nas tribulações e tantas outras coisas, mas não dá autorização para essas coisas, pelo contrário, reprova, se Jesus veio a este mundo e disse: de graça recebeste de graça daí, ide por todo o mundo e pregue o evangelho a toda criatura quem crer e for batizado será salvo; quem não crer será condenado. A interrogação que fica: é certo eu ir ao evento pregar a palavra e exigir um valor por isto e cobrar um tanto de quem vai ouvir? Outra coisa que na minha cabeça também não se cala: Como pode alguém dizer que vai cantar, ou louvar em determinado local deste que alguém pague X mil reais por isto? E pior, já vi alguém propagar através de algum meio de comunicação "se você é cristão compre um ingresso para você e um para seu amigo não cristão, o leve...", o restante da frase não me lembro, mas é algo como "você pode ganhar ele pra Jesus". Compreendo isto como shows para ganhar dinheiro, como todo show. É como existisse dois tipos de artistas nesta terra, um profano e outro sagrado que cobra para se mostrar, o que se vê na realidade é que ambos brigam pela mesma moeda, isto não é seguir o mando de Cristo. Isto é um proceder sem essência real, e pior, isto tem se alastrado, e pessoas que eram referência começam a entrar neste picadeiro, o risco é grande de se perderem. Muitos vão entrando nisso sem perceberem até que começam a achar normal. É assim mesmo que satanás vai implantando seu desviar, ele é astuto, mas o pior é que essas pessoas atraem outros tantos, pois como disse, elas se apresentam como referência, assim uma massa de seguidores tende a se distanciar do verdadeiro evangelho. Como sua mensagem é muito parecida com a verdade passa despercebido por ser em nome do cristianismo moderno. E é por esta modernidade que tem nascidos os artistas evangélicos. Tento buscar, e com muito boa vontade em toda Bíblia os artista do passado, ou aqueles que se apresentaram junto dos discípulos para multidão em Roma ou em Jerusalém, não encontro, se vou para a história não tão distante, também não encontro, a não ser aqueles que produziam músicas para os papas, que não é nosso caso. Enquanto falo vem a memória o movimento gospel americano, um movimento que vitaminou muita gente para o sucesso.

Resumida história do gospel

Thomas A. Dorsey é considerado o pai da Música Gospel. Antes era conhecido como um importante pianista de Blues, Dorsey começou a desenvolver uma música sacra com base no blues secular. Sua primeira canção gospel, "If

You See my, Salvador Diga a Ele que me viu", foi publicado em 1932. Dorsey era filho de um pastor batista e sua mãe era a organista da igreja. Ao longo de seus primeiros anos sentiu-se dividido entre o sagrado e o secular.

Em Chicago, Dorsey adotou o nome Georgia Tom e encontrou trabalho como músico. Uma noite, no palco, Dorsey percebeu uma "instabilidade", sentiu que não estava bem. Persistiu por dois anos, ia cada vez pior. O revés agravou-se, deixando-o incapaz de praticar, escrever ou executar. Dorsey buscou tratamento médico. Nada funcionou. Ele visitou o Bispo HH Haley. A partir dai começou a fazer música gospel, esta sua nova música contava a histórias de esperança e afirmação, "Sua primeira canção gospel, "If You See my: Salvador Diga a Ele que me viu", foi publicado em 1932. Menos de um ano depois, Dorsey estava de volta no negócio de blues secular em tempo integral.

Mas esta música esteve na voz de muita gente famosa. Grandes intérpretes da música norte-americana começaram assim, como cantores de Gospel nas igrejas. É o caso de Mahalia Jackson, Bessie Smith e Aretha Franklin, além de Ray Charles e Solomon Burke. Entre eles o mais famoso foi Elvis Presley, um dos maiores divulgadores desse gênero musical durante todo o século 20. Elvis adorava esse tipo de música, inclusive, tanto quanto rock, blues, R&B, country e música erudita. Desde a década de 1950 ele já incorporava em seus álbuns canções com algumas influências desse gênero tipicamente americano. Elvis lançou quatro álbuns gospel; Peace In The Valley em 1957, His Hand in Mine em 1960, How Great Thou Art em 1967, considerado um dos "divisores de águas" em sua carreira e He Touched Me em 1972. Para se ter a real noção do que Elvis representou para o gospel americano, ele ganhou três GRAMMYs por suas interpretações gospel, em 1967, 1972 e 1974. Já em 2001 ele entrou para o "Hall da fama" do gospel, deixando para sempre marcado o seu nome nesse gênero musical americano tão importante e influente.

Alimentado pela gigantesca indústria multi-bilionária de gravação musical nos EUA, o "pequeno infante" da música Gospel pulou do seu berço humilde e cristão e atravessou as muralhas da igreja para um mercado bem diferente do mundo atual. E, o Gospel continua a crescer.

De acordo com a revista Norte-americana, Gospel Today, dentre 2003 e 2008, sete gravadoras criaram divisões especiais somente para lidar com artistas Gospel; as estatísticas da mesma publicação indicaram que os selos independentes cresceram 50%, e o rendimento das vendas só de música Gospel chegou a triplicar nas últimas décadas, de US$180 milhões de dólares em 1980 a US$500 milhões em 1990.

Fontes: *http://www.pbs.org/ thisfarbyfaith/people/thomas e http:// pt.wikipedia.org/ 20/12/2011*

Pelo que vimos dos dados acima faça você mesmo a avaliação, é para se ter cuidado ou não é? E mais, Como anda o evangelho lá? Hoje quem manda missionário pra lá é o Brasil, outrora era eles quem mandava para cá, algo deve ter piorado muito por lá, você não acha?

Mas como dizia, não adianta eu buscar o quanto se pagava a um pregador ou a um cantor na época dos apóstolos que não vou encontrar, a história nunca teve isto, mas sim "de graça recebestes, de graça daí". Acredito que a partir da introdução do mundo "artísticos" em algumas igrejas surgiu também o desejo de faturar por alguns daqueles que têm talento, e assim a arte tomou o talento e o fez artista evangélico. Daí tem nascido avaliações estranhas, levando as pessoas a balançar o corpo e distanciar o coração. Deste modo tem se tragado a atenção e redirecionando o objetivo. E neste clima cada um quer ser mais artista, afinal sem sucesso não sobrevive um artista, e para este objetivo se consolidar buscam-se técnicas para agradar a galera, deste modo abandona o espirituoso. Palavras que me arde os ouvidos é show gospel, e principalmente quando vejo o chamado para adquirir o convite (convite este por um bom preço) para estes shows com chamadas "para louvar a Deus" por preço definidos por empresários, creio que nisto há realização para os empresários que montaram o espetáculo, principalmente se o local estiver cheio. E ainda pior, a Bíblia de alguns letristas parece mostrar

algo diferente da Bíblia verdadeira. Veja a letra da
música Cinco pães e dois peixinhos:

Nem sempre se sabe
Detalhes de um milagre
Mas eu vou contar
A história de um menino
Que um dia levantou bem cedo
E sua mãe lhe perguntou com medo
Aonde é que você vai?
E o menino, então, respondeu:
O Mestre está a me chamar
Uma multidão vou ajudar alimentar.
Sua mãe lhe disse: isso é impossível,
O que tem ai neste cestinho?
E com muita fé o menino disse:
Cinco pães e dois peixinhos.
Quem poderia imaginar
Que um menino ia ajudar
Alimentar a multidão
E é assim que Deus faz
Usa quem Ele quer
Menino, homem ou mulher.
Eu posso imaginar
Os olhos do menino a brilhar
Muita alegria em poder ajudar
Então Jesus levantou Seus olhos
E viu que era preciso manifestar o Seu poder

O autor pega uma história verdadeira e transforma numa emocionante e parecida, coloca o garotinho como o centro da emoção, conta uma história que não existe, mas semelhante à verdadeira. Para quem não ler a Bíblia, ou mesmo para aqueles que leem sem a devida atenção podem engolir uma história dessa e absorver que um garotinho foi avisado antes para levar o pão para que Jesus fizesse o milagre, o que é mentira. Uma letra desta pode levar as pessoas a acreditar num evangélico místico, direciona-la a conhecimento que não lhe dará estrutura de vida verdadeira, uma meia verdade, mas não existe meia verdade em Cristo. O pior é que muitas outras letras semelhante a esta estão por aí, basta pesquisar o cancioneiro gospel. Não quero ser chato, mas é a letra que fala ao coração, assim sendo, mensagem destorcida espalha conhecimento errôneo, no caso houver uma distorção gritante no que está escrito. Temos que ser mais criterioso para não engolimos qualquer coisa.

Essas apresentações nos moldes exposto mais parecido com show secular com seus artistas pop, roqueiro, sambistas, Rap e etc. está colocando na cabeça de uma grande massa algo perigoso, pois não vejo que ali está se pregando o evangelho do arrependimento, compreendo que está se criando um povo sem conhecimento da dimensão do evangelho verdadeiro. Gente acostumada deste modo tem tendência a ficar sem raiz profunda. Saber que Jesus é o Salvador não muda, muitos sabem disso, e às vezes até têm uma Bíblia aberta em algum canto de sua casa, mas quando vamos a uma destas pessoas percebemos que a vida dela é vazia.

Noto que falar de Cristo deste modo, em um clima onde as pessoas pagam pra ver e ouvir, no caso artistas, é como vender ilusão as pessoas que podem pagar e que se deslumbram com este mundo de espetáculos, porém esqueceram a boa essência, pois falta nestes shows o legítimo perfume de Cristo, este perfume não tem preço, aliás, é sem preço e Cristo não autorizou alguém dar preço. Além disso, esses espetáculos dão fomento para cada um criar seu ídolo, pois muitos vão ali para ver e assistir os artistas, neste caso Cristo é um composto, a Bíblia é apenas um livro belo onde conta toda uma história e baseada nela estão ali para se divertir. Vejo que isto vai criando um povo empolgado que sabe até onde buscar socorro, mas fraco e sem vida, perto e tão longe, isto porque absorveu um evangelho de emoção. Deste modo tende a viver longe da cruz, mas é gente que não mata, não bebe, não fuma e tem outros não, e por viver assim acha que está tudo bem.

Já ouvi falar que as coisas citadas acima fazem parte de um evangelho mais próximo dos jovens, um evangelho mais moderno para ir ao encontro das necessidades do homem e outras coisas mais. Isto não procede da verdade, o evangelho não se moderniza, ele é completo para o ontem, para o hoje e para o amanhã, é a noticia de libertação que Deus enviou ao homem na terra. E maldito será quem alterar esta notícia.

Li um caso a pouco tempo que veio avalizar o que estou dizendo: Tem uma revista que eu acho muito boa, eu a leio sempre, ela traz notícias do mundo, apesar de ser de cunho cristão, traz informação diversas, pois bem, foi nesta revista, Show da Fé, que na coluna "minhas respostas" havia uma indagação que me chamou atenção, está escrito assim: *"Sou evangélica desde 1998 e sinto-me feliz por estar na igreja. Em fevereiro de 2010, meu pai faleceu, e fiquei muito triste, mas recebi o apoio e orações dos pastores. Um dia, porém, um vizinho espírita trouxe-me uma carta, dizendo que meu pai havia escrito para mim. Nela ele dizia que estava bem, ao lado de outros parentes que já morreram, e que começara a trabalhar no lugar que estava. Além disso, pedia que eu não deixasse a igreja e que levasse minha mãe à casa de Deus – que demostrara desejo de suicídio. Quando mostrei a carta a minha mãe, ela começou a chorar, dizendo que era verdade o que estava escrito. Agora ela frequenta a igreja comigo. Essa mensagem é de meu pai? Devo orar por ele?"* Quanto à resposta dada a esta leitora foi muito sabia e de total esclarecimento (Ano 12 nº 136 pag 6). Pra esclarecer: na Bíblia, abrindo a carta escrita aos Hebreus no capítulo 9:27 diz *(...) aos homens está ordenado morrerem uma só vez, vindo, depois disto, o juízo.* Estou citando esta passagem para dizer que depois de morto acabou, perde o contato com este mundo. Nesta mesma revista certa vez alguém perguntou se era correto um cristão visitar cemitério e levar flores e velas no dia de finado, outra feita se era correto orar pelos mortos. Todas essas pessoas estão vivendo um cristianismo sem libertação, pois é a palavra que liberta, todavia vão a igreja, porém vivem conforme o vento, o vento age de acordo com as ondas. Mas o caso da pessoa que recebeu a carta do espírita me espantou por demais, ela recebeu uma carta enviada por demônio, e este disse que era pra ela levar à mãe a mesma igreja, uma pergunta que me veio a mente, os pastores dessa igreja não ficaram sabendo desta carta? Acredito que não, mas não afirmo isto. Ela diz "recebi o apoio e orações dos pastores". Caro amigo, se estou errado quero ser corrigido, mas não posso ser omisso: esta pessoa é do tipo de crente que sabe onde ir buscar uma benção para sua vida, diz até que é feliz por estar na igreja, e pensa que está no caminho. Será que ela não sabe que o que nos dá vida é a palavra, pelo visto ela não conhecia nada de palavra, talvez conhecesse a Bíblia como um bom livro ou até verdadeiramente como a palavra de Deus, mas este conhecimento não basta. Veja como as coisas estão acontecendo: apesar dela viver este tempo todo na igreja ainda assim ela aceita comer pela mão de outros, e na atualidade há muita comida estragada sendo entregue por aí, a que foi entregue pra ela era ainda pior, era toda elaborada pelo diabo. Um detalhe que me chamou muito atenção é que a carta dizia que era para ela levar sua mãe a igreja; ora isto talvez tenha lhe dado confiança, a fez acreditar na procedência da carta, mas também quer dizer que ir à igreja não basta, pois muitos vão à igreja e estão na mão do diabo, pois o coração está distante da verdade. Ir a igreja porque tem fé e deste modo querer um milagre de Deus não dá ao ser a libertação, as pessoas pode até conseguir um ou outro milagre, mas a libertação só se consegue quando a palavra toma acento no coração.

Mais uma vez o homem foi chamado ao telefone, eu fiquei ali refletindo. O assunto tinha se esticado, mas era muito fascinante, instigante ao ponto de me prender a tantas horas, fiquei envolvido de tal forma que quis conhecer mais. Ali estava um sujeito muito ligado nos dias atuais, muito observador, as coisas que mostrava me deixava realmente a pensar. Ele me levou a enxergar que algo estranho está acontecendo em toda esfera da sociedade a nível mundial: O mundo nunca esteve tão "louco", até as quatro estações do ano parecem que perderam o tempo, frio, seca, muita água, terremotos e outras catástrofes se aglomeram; acontecimentos estranhos e continuo temos visto sem precedente. Apesar de todos os avanços da ciência, aliás, hoje nem fala mais em avanço, fala-se em evolução tecnológica, e mesmo assim o homem não encontra solução para seu mal. A tecnologia é o conhecimento que trouxe facilidade para o homem aperfeiçoar o conhecimento científico. Neste caso compreendo

que a ciência já cumpriu boa parte do que está escrito no livro de Daniel conforme o meu amigo Machado me disse certa vez. — Como ali existia mais de uma Bíblia, acho que todas eram do Rodolfo, ficavam numa pequena mesa, me atrevi a pegar uma sem lhe pedir, abrir no meio, foi uma luta descobrir onde ficava o livro de Daniel. Já algum tempo descobrir que a Bíblia não é um livro, é como fosse um arquivo com vários livros, desconfio que a chamam de livro para facilitar a compreensão. Logo que abrir aquele livro, levei um susto, a porta se abriu, era a moça, veio informar que era para eu ter um pouquinho mais de paciência que o senhor Rodolfo já vinha, trouxe um suco de laranja, fiquei lisonjeado, todavia eu queria mesmo era um copo com água, mas não tive coragem de dispensar aquele suco, era muita falta de sensibilidade à gentileza. Bom, como estava dizendo tive dificuldade para encontrar o livro, mas quem procura acha, estava com pressa, não queria que o pensador me encontrasse nesta procura, tive a ideia de ir ao índice, deu certo, encontrei o livro, precisava localizar o número do capítulo, talvez eu não tenha me esquecido por se tratar do numeral doze, um número de fácil lembrança, mas eu não tinha intimidade com aquele arquivo de livros, tive que ler todo o capítulo dose, encontrei no verso quatro o que meu amigo me disse certa vez *"Tu, porém, Daniel, cerra as palavras e sela o livro, até o fim do tempo; muitos correrão de uma parte para outra, e a ciência se multiplicará"*. Diante da conversa do pensador meus olhos se abriram, fiquei meio assustado, pois realmente tinha entrado numa seara que me levava a ver que o homem hoje anda de uma parte a outra numa correria sem fim, não tem tempo nem para admirar a beleza da vida, até as coisas naturais já não são do mesmo modo para alguns, inclusive para muitos amor virou o mesmo que filantropia. E a mulher por causa da profissão abandona a maternidade na idade melhor para ser mãe, mais tarde sente necessidade vai a uma clinica de reprodução humana para buscar este direito, e de lá sai gravida. O ser humano em grande número já não se encanta nem mesmo com o nascimento. O avanço da ciência criou a tecnologia, tal invenção deveria dar mais estabilidade e tranquilidade, mas não é isto que se vê. O que vemos é o ser humano andando de um lado para o outro numa correria de tamanho indefinido, ninguém sabe onde quer chegar. Não há satisfação que faça o ser humano parar de buscar, mesmo que ele não saia de casa a grande maioria fica na frente do computador na busca de alguma coisa, se ele vai ao trabalho, a escola ou até mesmo na hora do almoço está sempre fazendo duas coisas, os Smartphone, (telefone móvel com funcionalidades multiplas) está conectado, a mente ligada e olhos atento na tela, no final do dia ainda reclamamos que o dia passou rápido, seria isto o cumprimento do livro de Daniel?

Como o meu amigo demorava, fiquei ali refletindo, o livro continuou aberto na minha frente, porém já não olhava pra ele, permaneci matutando, tinha muito em que pensar, até que cheguei ao meu tempo de moço, próximo dos vinte anos. — Estava tão compenetrado em meus pensamentos que não vi quando chegou o Pensador, se ele não me desse um toque talvez continuasse viajando em meus pensamentos. Devido a sua amabilidade, eu estava muito a vontade e já o chamava de você, isto não queria dizer que estava totalmente desinibido, muito pelo contrário, aqueles momentos que estive sozinho tinha mexido comigo, me sentia muito encabulado e tentava disfarçar. Talvez por ter escutado tantas coisas tempos atrás e não ter dado ouvido me encontrava mesmo era constrangido, outrora eu fazia parte de um movimento cristã, mas preferi viver do meu jeito, aquilo tudo que tinha escutado

me estremeceu. Desconfio que ele observou que eu estava diferente apesar da minha tentativa de não transparecer.

— Desculpa a demora, está tudo bem? Não está preocupado com alguma coisa, estou certo?

— Sim e não, fiquei aqui pensando, sua demora me fez viajar, pensei em tantas coisas, acabei chegando a conclusão que o mundo realmente anda muito estranho, e eu muito desligado, e você se mostra muito preocupado com todas essas coisas, será por isto que te chamam de pensador?

— Não, como te falei, isto vem desde criança, essa história continua porque convivo com um amigo desde meu tempo de escola e ele nunca deixou de me chamar deste modo, espalhou isto e pegou.

— É verdade, já me falou, não esperava aprender tanto, devido aquela entrevista sua quis te conhece e conversar com você, porém já tinha lhe visto, no concurso de contos e poemas, foi um dos julgadores, eu estava lá participando, fui classificado, nem acreditei.

— Fico feliz em saber, você participou com quê?

— Um conto e um poema

— Muito bem, sei que dali era pra sair um livro, perdi contato com aquele pessoal, publicaram este livro?

— Sim, tenho uns, lhe darei um.

Eu não queria perder o foco da conversa inicial, isto estava acontecendo, aquele papo me trazia mais que curiosidade, como estava com vontade de fazer "xixi" tive argumento pra parar aquela conversa e fui ao banheiro, quando voltei alguém da calçada falava com ele, era sobre futebol, a seleção brasileira tinha perdido pra Alemanha e o comentário era de desconfiança, um achava que deveria trocar o técnico, o outro achava que deveria continuar um pouco mais... Não demorou muito, logo seu amigo se foi.

Tive curiosidade em saber por qual time ele torcia, porém dissera que não era dado a futebol, mas não me detive neste assunto, eu queria mesmo é voltar a conversa inicial, para isto eu teria que dá o primeiro passo, foi o que fiz.

— Diga uma coisa, já que você sabe tudo do meio cristão, há muita gente se passando por pastor, não há? Cabras safados, aproveitadores, não são?

— Não sei de tudo não, eu sei alguma coisa daquilo que se deve saber e tenho procurado aprender sempre, mas quanto ao que me perguntou, não entro nesta seara, quem sou eu para julgar alguém, isto não devemos, apesar de as vezes eu fazer involuntariamente. Devemos ficar sempre atentos, pois o diabo se passa como anjo de luz para enganar. O mal de muitos cristãos é não consultar a escrituras, confiar cegamente no que um pastor fala ou em qualquer um que tenha título diferente, seja ele, bispo, padre, papa ou outro qualquer é correr o risco de andar por caminho errado, e quem anda por caminho errado certamente não chegará, seu final é caminho de morte, só se consegue voltar antes de chegar no final. Jesus mesmo disse "Examinais as Escrituras, porque julgais ter nelas a vida eterna, e são elas mesmas que testificam de mim". Jesus não disse para perguntar a alguém, isto não quer dizer que devemos desprezar os pregadores, isto não, mas conferir sua fala com as escrituras é mandamento, e creio que em alguns casos é fundamental, aliás, se é mandamento, é fundamental sempre. Tem gente que aceita tudo que escuta, e têm aqueles que aceitam somente aquilo que quer ouvir, desprezando a verdade, por isto acaba militando em certo tipo de doutrina; inclusive há atitudes de alguns que leva o outro a acreditar que a Bíblia não é palavra final, mas se perguntar ao próprio sobre isto, diz exatamente o inverso do que demostra, compactua inclusive com a inerrancia, a Infalibilidade bíblica, mas aceitam de certa forma a unificação com diretrizes estabelecidas por outros que imbuído de uma autoridade que foge da realidade Bíblica coloca sua palavra como palavra infalível, poderia citar no meio evangélico para se ter uma ideia a Ellen White para os adventistas, dificilmente um estudo Bíblico desta denominação deixa de citar os escritos dela, parece até que a tem como infalível de erro, não estou afirmando que todos pensam assim, mas é o que parece no geral.

Ellen Gould White (Gorham, 26 de novembro de 1827 — Santa Helena, 16 de julho de 1915) foi uma cristã americana, escritora cujo ministério foi fundamental para fundação do movimento Adventista sabatista, que mais tarde veio a formar a Igreja Adventista do Sétimo Dia. Os adeptos do Adventismo consideram Ellen G. White uma profetisa contemporânea, embora ela mesma nunca tenha reivindicado para si esse título. Os adventistas acreditam que Ellen White teve o dom de Profecia. *http://pt.wikipedia.org/ wiki/Ellen_G._White 10/102012*

— Não conhecia esta senhora. Sou obrigado a concordar com o senhor, realmente tá esquisito, é muita doutrina, e coisas estranhas têm aparecido constantemente, li um registro um pouco curioso, só acreditei depois que recorri a fonte de onde procedia tal matéria jornalística, depois consultei mais afundo e a li por inteiro, fiquei encafifado, não compreendi como aquele fato era possível, no entanto tive que admitir que era verdade; a reportagem falava de dois pastores que tinham perdido a fé, todavia ninguém do seu rol de amizade sabia, os dois pediram para terem a identidade protegida, o pior é que ambos continuam como pastor das igrejas, contudo vivem uma mentira, apesar disso olham para o ministério como uma atividade profissional, não menos chocante é que um admiti claramente que é uma pessoa integra, todavia, perante a dificuldade econômica e diante de sua formação, ele se encontrava em situação difícil. Deu entender que ficará nesta profissão por questão econômica, o outro não comenta da situação financeira, mas admite que vá perder muitos amigos

e chocará sua esposa se revelar seu sentimento.
Explique-me esta situação, isto não faz sentido, ou
faz?

— Não faz sentido se olharmos com a visão
humana, mas isto também está escrito, preste
atenção: Jesus conversava, contava uma parábola,
que havia um Juiz que não respeitava ninguém, nem
mesmo a Deus, era talvez um homem descrente e
mau, e havia uma viúva que clamava por justiça,
durante muito tempo o juiz não quis julgar o caso
daquela mulher, mas ela não desistiu, chegava ao
gabinete do Juiz "Ajude-me e julgue o meu caso
contra o meu adversário!" até que ele se cansou e
disse *"É verdade que eu não temo a Deus e também
não respeito ninguém. Porém, como esta viúva
continua me aborrecendo, vou dar a sentença a favor
dela. Se eu não fizer isso, ela não vai parar de vir
me amolar até acabar comigo."* Jesus chamou
atenção que se até de um juiz deste porte se espera
o veredito, isto é: desde que não haja desistência,
agora imagina aqueles que esperam em Deus, mas
logo ele também disse: Eu afirmo a vocês que ele
julgará a favor do seu povo e fará isso bem depressa.
Mas, quando o Filho do Homem vier, será que vai
encontrar fé na terra? Ele também falou das pessoas
que confiam em si "porque todo o que a si mesmo

se exaltar será humilhado". Pois bem, quando eu digo que a Bíblia tem resposta pra tudo, não estou excedendo, não é? Os fatos que você me contou não fogem do que era esperado para esses dias. Diante de tudo que tenho visto, acredito que o que está acontecendo é anúncio da volta de Jesus; temos visto o amor se esfriando, o contexto da fé tem sido alterado, tem aparecido ensinamento distorcendo o que é fé, em muitos casos as pessoas têm sido conduzidas a acreditar na fé com prova, em coisas que os olhos veem, mas isto não é fé, a fé é uma certeza que você tem, *(Ora, a fé é a certeza de coisas que se esperam ea convicção de fatos que se não veem." 'Hb 11. 1').* Muitos vão caminhar pela fé baseada em sinais, coisas que os olhos veem, mas existirão aqueles que persistirão na verdadeira fé e estarão vigilantes, estes encontrarão a vida. Isto não é novidade e não mexe com a minha certeza, a fé não pode ser vista, pensando bem, a fé é como o gás que se usa na cozinha, você vê o fogo, mas não vê o gás, só se sabe que ali tem gás porque alguém teve a ideia de colocar um cheiro nele, porém ele é imperceptível até sua ação se tornar um fato, assim é a fé. Não se busca prova para existência da fé, não há como, quem assim fizer está dizendo que não tem fé, ela é o firme **conceito** de que algo é verdade, é a certeza de algo que se não vê e ponto. Como a carta enviada aos Hebreus diz: "Ora, a fé é a certeza de coisas que se espera, a convicção de fatos que se não veem". A fé intelectualmente é impossível ser sustentada. Mas como se adquire? Ouvindo a palavra de Deus, quem despreza esta palavra fica anêmico, muito fraco, logo perde a raiz e morre, deste jeito a verdadeira fé acaba. Me lembrei de algo interessante, Darcy Ribeiro, era um homem muito admirado na área de educação, dominava como poucos as disciplinas de sociologia e antropologia, eu assisti várias entrevista dele, muito simpático com as pessoas. Darcy Ribeiro escreveu vários livros, foi eleito para a Academia Brasileira de Letras, foi ministro da Educação durante Regime Parlamentarista do Governo do presidente João Goulart. No governo de Leonel Brizola (RJ), planejou e dirigiu a implantação dos Centros Integrados de Ensino Público (CIEP), um projeto avançado e revolucionário de educação no Brasil de tempo integral a criança, exerceu o mandato de senador pelo Rio de Janeiro de 1991 até sua morte em 1997. Este homem lamentou mais de uma vez por não ter fé como a dos cristãos, entretanto um missionário americano, que trabalhava em uma aldeia indígena talvez tenha tido a chance de mudar esta história, pois o conheceu e manteve com ele elo de amizade, aliás, a fé deste sujeito estava baseada em entendimento intelectualizado, ele era admirador da sabedoria de Darcy Ribeiro que talvez fosse superior a sua, acreditou que a sabedoria deste homem contestava sua crença, não ofereceu nada, talvez nada tivesse, sua fé passou a ser semelhante a do Darcy Ribeiro, porém o Darcy admirava quem tinha fé, e até dizia que a queria. Billy Graham, os mais jovens talvez não o conheçam, ele era um conferencista formidável, este homem estava na Inglaterra logo depois da 2ª guerra mundial. Winston Churchil, dizem que era um crânio, o plano intelectual da vitória sobre os nazistas fora atribuído a ele. Este homem sabendo da presença de Billy Graham em seu país mandou chamá-lo. No encontro Winston Churchil perguntou "Diga-me, Qual a sua esperança para o mundo? O que pode haver capaz de mudar este planeta?". Billy Graham estava diante do homem mais admirado na época e não se furtou e nem se deixou levar por aquela sabedoria, ele disse: *"A minha esperança é a volta de Jesus, esta é a única esperança"*. Ele não se deixou influenciar pela sabedoria deste senhor admirado por todo o mundo. O americano Daniel Everett talvez pudesse ter mudado a história de Darcy Ribeiro, mas o sucumbido da fé disse, saiu no jornal folha *"(...) O americano Daniel Everett, 55, negou Deus. Uma vez ele me convidou para uma palestra que o Darcy*

Ribeiro foi dar na Unicamp quando voltou do exílio. A ideia de chegar para o Darcy Ribeiro e dizer que ele ia para o inferno sem Jesus Cristo parecia tão ridícula que eu comecei a pensar sobre essas crenças. Quando comecei a falar com os pirahãs (índios), fiquei no meio do mato conversando com um grupo de pessoas que nunca manifestaram interesse nesse Deus do qual eu falava. Pensei: "O que eu estou dizendo realmente deve ser muito irrelevante para eles". "E finalmente eu vi que intelectualmente eu não podia mais sustentar essa crença em mim."www1.folha.uol.com.br/folha/ciência/ ult306u497009.shtml 15/08/2011.

Te apresentei este fato só pra te dizer que isto não é novo para mim e nem abala minha fé, pelo contrário, tal fato já fora dito por Cristo. Aproveitando o assunto, posso afirmar que quem pensar em crer em Deus por intelectualidade, está perdido, Deus não se manifesta nesta sabedoria humana, pois se assim fizesse não seria Deus, ele se manifesta ao simples de coração, pode até ser intelectual, mas o princípio não muda, porque a palavra do Criador é estendida a todos na terra, e é perfeita, ela fala aos corações que querem ouvir, ela não fala a aqueles que não querem ouvir, esses são os que desprezam. É muito importante o ser humano compreender que ele precisa de Deus, Deus não precisa dele, mas vai cobrar quem o desprezou, porque Ele é o Criador de todos e a Sua palavra é distribuída a todos. Em uma carta direcionada aos Hebreus diz assim "Mas o meu justo viverá da fé; e se ele recuar, a minha alma não tem prazer nele (Hebreus 10:38). É tudo muito claro, e todos têm direito de escolha, é ficar ou sair, ninguém é impedido de seguir a própria direção, mas há um chamado para que todos sigam o caminho, este caminho é Cristo.

O tempo passou depressa, já era tarde, nosso papo foi transcorrendo naturalmente, no fundo eu queria ficar mais um pouco, mas tinha que ir, ele insistia para eu ficar, o almoço já ia ser servido, persistia comigo. Eu com desejo de ficar, porém argumentava que já passava das 14 horas, e tinha compromisso! — Apesar da hora eu não estava com fome. Agradeci, antes de lhe dizer algo mais, meu telefone tocou, era minha esposa, segui em frente, levei comigo novos conhecimentos e indagações que foram muito importantes no meu caminhar. Minha conversa com ele trouxe também a lembrança de quando eu frequentava uma igreja, era uma igreja grande, apesar de não ter amizade com ninguém, eu me sentia muito bem lá, tinha muita fé, todavia com

o tempo fui me afastando, foi virando rotina, e lá eu tinha muitas perguntas sem respostas, além do mais, via algumas coisas que não achava certo, mas não deixei de ir totalmente, às vezes ia, mas ler a Bíblia como este homem me disse, eu nunca fiz, aliás, eu apenas a levava a igreja, quando chegava em casa a guardava para o próximo domingo. Depois deste meu encontro parece que despertou em mim um desejo de conhecer, meu coração acordou, e aí eu quis conhecer a verdade de Deus para o homem, passei a ter encontro a sós, era eu, a Bíblia, e tenho certeza que Deus se fazia presente, porque meu entendimento se abriu, era e continua sendo momentos muito prazerosos.

"Então me invocareis, e ireis e orareis a mim, e eu vos ouvirei. Buscar-me-eis, e me achareis, quando me buscardes de todo o vosso coração" (Jeremias 29: 12-13).

Esta palavra Bíblica se cumpriu na minha vida quando eu me dispus a buscar Deus verdadeiramente.

Meus por quês encontraram respostas quando abandonei a minha fé, sim, minha fé era defeituosa, cria em várias coisas, como já disse, frequentava até uma igreja, mas não conhecia compromisso, via falar de salvação e por isto eu caminhava religiosamente, tinha medo da morte.

Era católico, crente e tudo que me dava esperança para depois da morte, ia até em reuniões em busca de milagres, estava morto e não sabia. Certa vez alguém leu na Bíblia o seguinte *"Jesus, porém, respondeu-lhe: Segue-me, e deixa os mortos sepultar seus próprios mortos"* confesso que não compreendi nada, mas depois foi explicado o que Jesus estava querendo dizer, ele dizia que as pessoas estão viva, mas ao mesmo tempo mortas, podem até crer em Deus, mas vive distante dEle, e quem vive distante de Deus está morta. Hoje vejo que eu era um desses, apesar de ser um frequentador da igreja. O que Deus disse através de Amós encaixava perfeitamente a mim, como acredito que se encaixa em muitos que frequentam igrejas, pessoas que tem compromisso com as igrejas, lá dentro é um verdadeiro santo, porém fora dela à vida é igual de quem não vai, diz assim o texto de Amós *"... Eu odeio, eu detesto as suas festas religiosas; não tolero as suas reuniões solenes... Parem com o barulho das suas canções religiosas; não suporto mais suas músicas egoístas que saem de seus instrumentos..."*. Eu era tudo isso, esta palavra doe, ia a igreja e participava de tudo isto, era religiosidade pura, mas pra que serve a religiosidade? Também descobrir a resposta. Ela nos dá conforto e diz a nossa consciência que estamos com Deus, mostra a outro que temos fé, nos leva a atos e a criar bons relacionamentos, mas é só isto e nada mais. Mais tarde, já livre dessas coisas me dei conta que por religião existe guerra, algo sem sentido, tudo por vaidade e arrogância, pois cada um defende sua religião como a certa, triste engano. Religião não faz ninguém participar da natureza divina, é engano total, é como Jesus disse *"O ladrão não vem senão para roubar, matar e destruir; eu vim para que tenham vida e a tenham em abundância* (João 10:10)".

Religião não dá a vida que Jesus quer que tenhamos, a vida abundante.

Amós foi um Profeta do Antigo Testamento, autor do Livro de Amós. Seu nome significa fardo. Ele profetizou durante os reinados de Uzias, rei de Judá, e foi contemporâneo de Isaías e Oséias. No reinado de Jeroboão II, o reino de Israel atingiu alta prosperidade, era uma nação farta, mas o povo apartou o coração de Deus, a riqueza lhes deu a chance de experimentar outras coisas, assim sendo a luxúria, o vício e a idolatria tomou o lugar. Neste tempo, Amós foi convocado por Deus para lembrar ao povo da sua palavra, da retribuição da sua justiça. Chamar ao arrependimento o povo foi sua tarefa.

VIDA ABUNDANTE

O ser humano que vive em situação de dificuldade financeira e tantos outros problemas poderia até perguntar: Vida abundante existe? A resposta seria sim e não, eu explico: Dentro do contexto do mundo há uma ilusão que ela exista, mas não existe. Conforme o ensinamento que o mundo propõe à aqueles que lutam pra ter uma vida melhor a verdadeira vida abundante passa longe, prova para esta conclusão está clara ao olharmos as notícias estampadas nos jornais, nos jornalismo das televisões e em outras mídias, todos os meios de comunicação mostram pessoas muito bem financeiramente e em posição social relevante vivendo apreensivas, amedrontadas com os nervos fora do normal. Vemos também muita gente indo ao desespero apesar de não lhe faltar bem algum, são os noticiários que nos mostram, não são meros argumentos. São fatos reais que revelam que homem nenhum vive abundantemente, a abundância de coisa difere da vida abundante.

No caso, fica claro também que qualquer pessoa que tiver bastante nunca sentirá que tem o satisfatório. Assim sendo, não existe abundância no contexto geral. A palavra abundância foi distorcida, veja o que Cristo disse *"O ladrão vem somente para roubar, matar e destruir; eu vim para que tenham vida e a tenham em abundância João 10:10 "*. Quem mata e destrói o ser humano são os ensinamentos do ladrão, aquelas palavras que não procedem da verdade, pois são ensinamentos de morte. Quando alguns utilizam este versículo ou ensinam como promessas com a mesma visão do mundo para levar as pessoas a acreditarem que ficarão ricas estão ensinando caminho de morte. Buscar vida abundante dentro do evangelho com o conceito daquilo que o mundo ensina é caminhar para o abismo, eu até posso ir numa igreja para buscar conhecimento para melhorar minha vida, e tem pessoas que até dão testemunho que teve melhora depois que passou a frequentar esta ou aquela igreja, mas isto não é vida abundante. Deus pode te abençoar e você ser uma pessoa com muitos bens, mas posso lhe adiantar que você vai continuar querendo mais bens, não há finito no desejo do ser humano, a vida abundante é muito mais que isto, lutar para ter uma vida melhor faz parte, a ordenança de Deus é: *No suor do rosto* *comerás o teu pão, até que tornes à terra, pois dela foste formado; porque tu és pó e ao pó tornarás (* **Gn 3:19** *)* Esta vida no conceito de abundância ensinado pelo mundo não livra o ser humano de nada, ele vai seguir seu destino já traçado quando seu antepassado se distanciou do Criador. Quando a morte chega não fica com nada, a abastança de coisas não impede morte carnal e nem a espiritual. Todos nós vivemos buscando a satisfação para a vida terrena dentro do foco de acumular coisas que possam ser vistas, coisas essas no presente e no futuro. A filosofia que o mundo ensina é sempre na direção do eu ter pra ver, e sou o que tenho. É deste modo que toda humanidade caminha, mesmo aquela pessoa que vive religiosamente, pois todo religioso olha-se para si, mas reparando o outro, pois seu foco é ser o melhor religioso, alguns inclusive acham que sua obrigação nesta terra é ser caridoso e por fazer isto acham que sua vida está completa. Nesta conjuntura tem aqueles que são ótimos religiosos e condenam aqueles que não são. No contexto financeiro não precisamos ir muito adiante é normal se conseguir riquezas e não ter vida em abundância, isto porque o sentido real lhe falta. Abundância não está nas coisas que o mundo mostra e nossa visão terrena admira, isto é riqueza que se desfará um dia, e pior, ninguém se satisfaz totalmente com as coisas do mundo, há sempre uma necessidade de buscar algo a mais, esta busca é como fosse uma sede, e só tem sede quem não encontrou verdadeiramente a vida abundante.

Até o parágrafo acima notamos que não há vida abundante, sim, não há dentro do conceito que homem apreendeu. Jesus vivendo como humano na terra conhecia e tinha a verdadeira vida abundante, porém nos ensinou o seguinte: *no mundo tereis aflições...* – mas como uma pessoa com vida abundante pode ter também aflições? Aqui cabe um aparte:

A existência do mal veio depois da queda do homem, ou seja, depois que ele deixou a palavra de Deus e trilhou caminho que os olhos da carne viam. Vemos claramente ao estudarmos a tragédia do nosso antepassado, o primeiro ser humano, que ele nunca quis abandonar Deus, porém queria viver também o que os olhos viam. O mundo era perfeito, contudo Adão abandonou os ensinamentos de Deus, pois visualizou um mundo onde outros prazeres poderiam juntar aos que tinha. Ao entrar nesta cobiça se deparou com o afastamento do mundo que Deus lhe entregou, uma vez que este prazer lhe trouxe tristeza, dor e logo a seguir a morte. Isto hoje continua fazendo parte do ser humano, não tem jeito, todo ser humano passa por isto, independente

se ele é ateu ou tenha qualquer religião. Vejo ainda, se o nosso antepassado se arrependesse imediatamente algo melhor poderia ter surgido à raça humana, mas ele mentiu, foi buscar desculpa para o seu erro, desde lá o homem perdeu o privilégio da vida que tinha e a intimidade com Deus, porém nunca deixou de sentir a necessidade de Deus na sua vida.
— Jesus veio resgatar todas as coisas perdidas.

Quando vemos a história de Jesus na terra vemos que Ele tinha vida abundante, contudo não tinha onde reclinar a cabeça e ninguém sofreu mais que Ele. Este é o mistério, as coisas de Deus são diferentes das coisas do mundo. A vida abundante existe em um patamar maior, ela não se resume a comida, a bebida e coisas semelhantes. É interessante observar também que o povo de Israel vivia como escravo no Egito, Moisés os retirou de lá para levá-los a uma terra de fartura, no caminhar aconteceu muita desobediência a palavra de Deus, essa desobediência trouxe muita tristeza, e muitos não conseguiram possuir a tal terra com fartura, pois os seus olhos e seu prazer estavam somente nessa terra, mas Deus antes de entregar a terra prometida, dizia pra eles não viverem mais do mesmo modo do mundo que eles conheciam, porém a insistência em permanecer no conceito de vida que tinham apreendido no mundo os distanciavam do melhor da vida, não viam nada além das coisas que o coração desejava. Esse povo enquanto caminhava tinha a proteção, na fome foi sustentado, foi sustentado com comida que nunca fez e nem conhecia, nem ele e nem os pais, não faltava alimentação e tudo era fresquinho, mais de dois milhões de pessoas eram alimentadas diariamente. Eles caminhavam seguro e mal algum lhes acontecia, mesmo assim o coração distanciava de Deus, pois a visão desta gente estava voltada somente para a vida que aprendera no Egito. Moisés travava uma luta para que esta gente mudasse o modo de viver. Apesar da misericórdia de Deus se fazer presente e as necessidades serem sanadas, havia um desassossego daquela gente. Para sanar este desassossego Deus mandou a eles a palavra, palavra esta que desvendava o problema *(...) o homem não viverá só de pão, mas de tudo o que sai da boca do Senhor viverá o homem.* Deut 8:3. Vocês querem uma vida melhor? Coloque a palavra de Deus como código de vida e não mais apenas como conhecimento.

Jesus travou um grande combate na terra antes de sair para anunciar a libertação do ser humano do mal que o nosso antepassado deixou que acontecesse na terra. Antes desse combate se retirou para ficar sozinho, jejuava no deserto— deserto é lugar que falta tudo, Ele ao terminar o seu propósito teve fome, eu imagino *"Ele olhando para um lado e outro e não vendo onde arranjar algo para comer, estava com fome, creio que com muita fome"*. – Ele ali era humano semelhante a nós. Penso que o diabo olhava Jesus com plano em mente. Enquanto Jesus estava ali em oração o diabo nada podia fazer, porém imagino que ele dizia ***"Jesus vai sair dali e vai ter fome, não tem nada aqui para se alimentar aí eu pego Ele"*** A Bíblia me dá base para pensar assim porque na primeira carta de Pedro no capitulo cinco versículo oito diz: Sede sóbrios; vigiai; porque o diabo, vosso adversário, **anda em derredor, bramando como leão**, buscando a quem possa tragar. Agora você imagina que Jesus viera aqui na terra para destruir a obra do diabo, obra esta que levou o homem a se destituído da glória de Deus, o diabo tinha o domínio, não sei se o diabo conhecia Jesus, mas ainda diante da minha imaginação acredito que pelo menos desconfiava "afinal Jesus tinha nascido de uma mulher que não ficara grávida com o contato masculino, uma semente, portanto "só" da mulher, deste modo não tinha raiz masculina, e a promessa de Deus é: E porei inimizade entre ti e a mulher, e entre a tua semente e a sua semente; **esta te ferirá a cabeça**, e tu lhe ferirás o calcanhar. Gênesis 3:15, cabeça quer dizer domínio. Eu entendo que a palavra está dizendo: você perderá o domíno. Agora Imagina:

Jesus ali com fome, sem ninguém por perto, o diabo observa aquele momento como o certeiro para atacar : *Mateus 4: 3-11* ***E, chegando-se a Ele o tentador, disse: <u>Se tu és o Filho de Deus,</u> manda que estas pedras se tornem em pães.*** Primeiro ataque tentar trazer dúvida (Se tu és o Filho de Deus)

Ele, porém, respondendo, disse: Está escrito: Nem só de pão viverá o homem, mas de toda a palavra que sai da boca de Deus. O combate continua, Jesus usa a palavra para combater. — e com esta palavra Ele mostra Sua autoridade— a luta continuou, o diabo queria derrubá-lo e disse a Jesus: ***<u>Se tu és o Filho de Deus,</u> lança-te de aqui abaixo; porque está escrito: Que aos seus anjos dará ordens a teu respeito, E tomar-te-ão nas mãos, Para que nunca tropeces com o teu pé em alguma pedra.*** — Veja o diabo também usa a Bíblia para tentar enganar – por isto cuidado, ele também gosta de tentar colocando dúvida. Foi assim que ele fez com Eva.

Jesus usou a palavra como Ela é e lhe disse: Também está escrito: Não tentarás o Senhor teu Deus.

Observa que o diabo usa a palavra de Deus distorcidamente para enganar, isto está acontecendo hoje aos montes através de pregadores com interesse dúbio. — O diabo depois ofereceu riqueza e glórias — coisas que o homem busca como principal da vida, alguns já têm bastante, outros têm o suficiente, mas o desejo de possuir acaba fazendo de alguns uns amantes de coisas como isto fosse o fundamental da vida.

Para o diabo sair vencedor desta batalha bastava Jesus que estava necessitado e faminto naquele momento satisfazer a própria vontade, era coisa rápida, mas não, Ele tinha objetivo traçado, salvar eu e você, ou seja, todo aquele que der ouvido a sua palavra. *E disse o diabo: Tudo isto te darei se, prostrado, me adorares.* De forma mais clara: "está fácil pra você sair deste estado basta abrir sua mente e assumir que posso fazer algo muito melhor por você neste momento, venha lhe farei melhor nesta vida".

Então disse-lhe Jesus: Vai-te, Satanás, porque está escrito: Ao Senhor teu Deus adorarás, e só a ele servirás.

Então o diabo o deixou; e, eis que chegaram os anjos, e o serviam.

Vemos que aconteceu uma batalha, você se imagina nesta situação? Quis demostrar este episódio para falar mais detalhadamente de vida em abundância, pois aos nossos olhos naquele momento faltava tudo para Jesus, no entanto Ele não enxergava assim.

Existe uma confusão a respeito do que é abundância; para compreender precisamos perceber antes que há uma crise no interior de cada ser humano que ele não nota, também há um saber gravado desde seu nascimento, acredito que seja por este saber que toda vez que o ser humano se encontra em situação de dificuldade ou perigo grita "meu Deus". Ele sabe de onde pode vir o socorro, contudo anda como ovelha perdida, pois existem indagações sem repostas. Perguntas não lhe faltam, principalmente quando a mente não está ocupada com coisas do dia a dia, é aí que nascem dilemas, respostas encontradas que deixam lacunas, ou seja, opções que não satisfazem a necessidade da alma. Estou falando pra você porque já passei por isto: eu tinha muita fé, conheci muita gente que tinha mais que eu, contudo conheci também um cidadão que tinha dúvida a respeito de sua fé; vivíamos dilemas diferentes, haviam detalhes que impediam a real vida. O que nos faltava era a vida fora do foco daquilo que o mundo diz, pois o mundo tem diversos argumentos para falar de Deus. Nossas buscas sempre estiveram norteadas no sentido das coisas comuns que muitas igrejas apresentam e religiões garantem, nunca pensamos em uma vida com sentido diferente daquilo que o mundo diz, onde Deus é o centro. Quando "tomamos" os ensinamentos religiosos ou equivocados ficamos sempre na dependência de ato de um líder para vivermos melhor, parece que a comunhão com Deus depende do líder. As pessoas precisam se libertar disso, a verdadeira fonte é Cristo *"mas a pessoa que beber da água que eu lhe der nunca mais terá sede. Porque a água que eu lhe der se tornará nela uma fonte de água que dará vida eterna* (João 4:14)".

Não adianta seguir crendice leitor, nem tão pouco um evangelho de emoções; se engana ainda quem segue o papa, um padre, um pregador famoso ou não, o segredo não está aí, o que dá jeito na vida é tomar da fonte que Cristo nos trouxe. Minha vida teve mudança radical quando eu compreendi a palavra que vou lhe dizer, ela me deu o horizonte pra eu ter sucesso em todos os sentidos. Disse Jesus: *Se alguém me amar, guardará a minha palavra; e meu Pai o amará, e viremos para ele, e faremos nele morada* (João 14:23). Isto é vida em abundância, vida em abundância é a palavra de Deus em nós, assim sendo, todas as demais coisas virão em consequência disso.

A confusão se alastrou no meio de muitos, e não são poucas as pessoas que têm dado ouvido ao evangelho corrompido, isto porque estão tomando água suja, mas é água, ninguém quer ir a fonte, raros são aqueles que buscam na fonte, a palavra de Deus é fonte, mas muitos vão buscar aos sábados, domingos ou outro dia em alguma igreja, este é um lugar muito bom, porque é ai que se tem comunhão com aqueles que militam em Cristo, até se apreende, e dependendo do local aprende-se bastante, mas se enganam aqueles que vivem presos a tais instituições como fossem tábuas de salvação ou fonte da vida . Nunca vi alguém se dá mal quando tem contato íntimo com a Bíblia dentro do conceito de Deus, mas já vi muita gente se decepcionar com esta ou aquela igreja, com este e aquele líder. Definitivamente só a palavra de Deus dá ao ser humano o viver completo, mas você tem que buscar diretamente desta fonte.

Contato íntimo com a Bíblia dentro do conceito de Deus: Há dois conceitos para se ler a Bíblia, um é quando se lê para ter conhecimento, ou seja, para se tornar "sábio" nos textos, o outro é quando se ler com a mente voltada para o Criador, buscando Nele a revelação da palavra, para isto precisa ter comunhão com o Autor da palavra, o Criador de todas as coisas, a fonte eterna.

Muita gente dá desculpa que a leitura da Bíblia

é difícil, ela é difícil para quem quer ler como um livro comum, eu tenho certeza se a pessoa antes de ler entrar na presença de Deus verdadeiramente e em nome de Jesus Cristo pedir ajuda, uma nova mente se estabelecerá para este entendimento, porque para compreendê-la não precisa ser teólogo, Deus fala ao coração de quem o busca e esta voz se encontra quando vamos à sua fonte. Mas nada é por atacado, tem que ter envolvimento para que a fonte vá aumentando, cada dia temos que afastar de nós aquilo que atrapalha a fonte jorrar. – Você sabe o que o atrapalha, olhe para dentro de você e faça uma análise sincera. Você não encontrará esta fonte se envolvendo com o evangelho "vem que aqui tem", nem com o evangelho de sacrifício, não, não é nada disso, a mensagem não é de realização pessoal dentro do contexto do mundo, quem prega isto são os livros de autoajuda, a propaganda que se faz dizendo que se você vier receberá isto ou aquilo pode ser uma armadilha, o verdadeiro evangelho mostra como encontrar o caminho da vida eterna, quem milita neste caminho encontrará as demais coisas. Antes de qualquer coisa o homem precisa encontrar Cristo, e assim se reconciliar com Deus, deste modo a fonte começa a nascer. Quando não se conhece a verdade de Cristo a igreja torna um local onde se vai buscar algo para semana, para um doente, um emprego e etc. Mas a mensagem de Cristo é mais profunda, Ele disse e Marcos registrou: *O tempo está cumprido, e o reino de Deus está próximo; arrependei-vos e crede no evangelho.*

Examinai-vos a vós mesmos se realmente estais na fé; provai-vos a vós mesmos. Ou não reconheceis que Jesus Cristo está em vós? Se não é que já estais reprovados (2ª cor 13:5). Alguns ficam reprovados, isto é muito triste, isto porque não guardam o que recebe da fonte, a água seca, para de jorrar quando nosso propósito se aparta daquilo que Deus nos ensina na Sua palavra. Jeremias (2:13) narrou um dos motivos que leva a reprovação, ou seja, a condenação: "*Porque dois males cometeu o meu povo: a mim me deixaram, o manancial de águas vivas, e cavaram cisternas, cisternas rotas, que não retêm as águas*". Cisternas rotas são cisternas divididas, rachadas, deste modo ela não guarda a água que recebe da fonte.
Eu sou o Alfa e o Ômega, o princípio e o fim. A quem quer que tiver sede, de graça lhe darei da fonte da água da vida. (Apocalipse 21-6) É Deus falando conosco...

Seja feliz e *Nunca se aparte da graça de Deus... É de graça.*

Se ainda não o encontrou verdadeiramente ainda há tempo, vá ao encontro Dele ainda hoje... Seus pecados Ele quer perdoar e te dar vida, vida em abundância.

Eu queria falar com aquele senhor de barba clara por fazer, dei tempo ao tempo, olhei outras coisas, disfarçava, mas não teve como, não consigo enganar os outros, me sinto incomodado, e estava ali enganando, quis parar com isto, diante disso, fui pagar a revista para ir embora. O Rodolfo talvez tenha aproveitado este momento e se despediu do amigo, ao mesmo tempo o Sebastião me dava o troco, acabei saindo junto com o Rodolfo, aconteceu o que eu queria, sem necessidade de artifícios, caminhávamos na mesma direção, aumentei meus passos para alinhar-me com ele; eu e ele só, era o que queria, lado a lado caminhamos.